folhas da oliveira

mahmud darwich

folhas da oliveira

tradução **Alexandre Chareti**

Tabla.

Ao leitor

Lírios pretos no coração
e no lábio a chama.
De que selva me vieram
ó cruzes da raiva?

Acolhi as tristezas
saudei a errância e a fome
é raiva minha mão
é raiva minha boca
o sangue das veias é um sumo de raiva.
Não espere de mim o sussurro
leitor
não espere uma farra.

Meu tormento é este:
uma bala perdida na areia
e outra nas nuvens altas.
Basta eu ter raiva.
O princípio do fogo
é a raiva.

Lealdade

Carreguei sua voz no coração e nas veias
então tanto faz você desistir de minha luta.
Alimentaria o vento com o verso e seus enfeites
não fosse espadas de fogo minha rima.
Confiei na letra, sendo eu morto ou nulo
ou quem alça ao inimigo a corda da forca.
Confiei na letra como um fogo... não faz mal
eu ser a cinza e ele a tirania.
Se eu cair e a bandeira continuar erguida
escreverão sobre meu túmulo:
Está vivo.

Um hino qualquer

Seus lábios são mel, e suas mãos
taças de vinho...
para os outros.

As árvores com suas copas são leques
e o bosque de carvalhos pente fino
para os outros.
A seda de seu peito, o orvalho, a margarida
são leito macio
para os outros.

Eu, insone em suas paredes pretas
sou a sede das areias, o nervo das caldeiras.
Quem fecha as portas sem mim?
Que tirano ou que demônio?
Adorarei seu mel
mesmo derramado na taça dos outros
abelha
que só beijou os lábios do jasmim.

Sobre um homem

Sobre a boca lhe puseram correntes
e as mãos ataram na rocha dos mortos
e disseram: Assassino!

Tiraram dele a comida, a roupa, o estandarte
e o jogaram na masmorra da morte
e disseram: Ladrão!

E o expulsaram de todos os portos
tiraram dele a namorada
e disseram: Refugiado!

Você que sangra
dos olhos e da palma das mãos
a noite é passageira.
Nem a cela perdura
nem o elo da corrente.
Nero morreu, mas Roma não...
com os olhos ela combate.
Os grãos de trigo de uma espiga que morre
farão brotar outras espigas no vale...

Esperança

Seus pratos têm mel ainda.
Afastem as moscas
para proteger o mel.

Suas vinhas têm uva ainda.
Guardadores da vinha
afastem os chacais
para que amadure a uva.

Suas casas têm porta e tapete ainda.
Fechem a trilha do vento para que não chegue aos filhos
para que se aninhem as crianças.
Vento é frio ardido, fechem as portas.

Seus corações têm sangue ainda
não o derramem, pais!
Há um embrião em seus ventres.

Seus fogões têm lenha ainda
e têm café e braçadas de chama...

Elegia

Recolhi suas feridas, pai
com os cílios de minha poesia
e quem me viu chorou
minha tristeza e meu fogo.
Comi do prato da terra
sem apelar à bondade do vizinho.
Plantei flores na terra dura
e nua, sem nuvens
sem chuva
e a terra verteu lágrimas ao ver
que eu lhe devotava uma ferida
que chora com os cílios de minha poesia.
Perdoe-me, pai!
Meu coração, meus pedaços, minha orfandade nua
para eles isso é um banquete.
Que sina a dos poetas, pai
ser o que o destino me legou.
Os miseráveis que beberem de meu copo
não perguntarão
de que vinha flui meu vinho.

E voltou numa mortalha

Contam em nosso país
contam com mágoa
de um amigo meu que partiu
e voltou numa mortalha.

Seu nome era... não
não digam o nome dele
deixem no coração.
Não permitam que a palavra
como as cinzas se perca no ar.
Deixem o nome como ferida que sangra
sem que o curativo saiba
seu paradeiro.
Temo, meus caros, meus órfãos queridos
temo que o esqueçamos entre a multidão dos nomes
temo que se dissolva nas tempestades do inverno
e que durmam no coração
nossas feridas...
temo que durmam.

Tem a idade do broto que não se lembra da chuva.
Não chorou sob o palco da lua
não parou as horas para o sarau
não golpeou as mãos na parede
não perseguiu com os olhos o fio da luxúria!
Nunca beijou uma menina...
não conheceu um amor
que não fosse o das canções do trovador que perdeu a esperança.
Nunca disse “ai, Deus” a uma menina
a não ser duas vezes.
Ela que não olhou para ele, só espiou de soslaio.
Ele era um menino...
Saiu do caminho dela
e nunca mais pensou na paixão.

Contam em nosso país
contam com mágoa
de um amigo meu que partiu
e voltou numa mortalha.
Não disse, quando seus passos ecoaram atrás da porta:
Até logo, mãe!

Não disse aos amados, aos amigos:
Vejo vocês amanhã!
Não deixou uma carta, como é costume de quem viaja
para dizer que volta logo e acalmar a inquietação.
Não escreveu uma palavra que ilumine
a noite da mãe
que conversa com o céu e as coisas:
Travesseiros da cama!
Mala das roupas!
Noite, estrelas, nuvens, Deus!
Não viram meu errante cujos olhos são estrelas
e as mãos, cestas de manjericão
o peito, travesseiro da lua e das estrelas
o cabelo, rede para o vento e as flores?
Não viram esse errante
que não entende de viagens?
Saiu sem provisões. Quem alimenta o moço
quando a fome bate no caminho?
Quem acolhe esse estrangeiro?
Meu coração está com ele nas calamidades do caminho.
Meu coração está com você, menino... meu filho.

Digam a ela
noite, estrelas
caminhos, nuvens, digam a ela:
Não, a senhora não aguentaria
a ferida é maior que as lágrimas
é maior que a tristeza e o sofrimento.
Não, a senhora não aguentaria... não se conformaria
porque ele...
morreu, ainda menino.

Ó mãe do menino
não arranque as lágrimas pela raiz.
As lágrimas, minha mãe, têm raízes.
Todo dia ela conversa com a noite:
Caravana da noite, ei!
De onde vem?
Os caminhos da morte se encheram, abarrotados de viajantes.
Os caminhos da tristeza seriam barrados
se você parar por um instante
por um instante
para limpar a testa e os olhos
e levar lembretes de nossas lágrimas
para aqueles que partiram antes de nós... os amados migrantes.

Ó mãe do menino
não arranque as lágrimas pela raiz.
Deixe duas lágrimas no poço do coração.
Amanhã é o pai que pode morrer, ou o irmão
ou eu, seu amigo.
Deixe para nós, para os mortos de amanhã
ao menos duas lágrimas... duas lágrimas!

Contam sempre em nosso país de um amigo meu
e das faces dele queimadas pelo chumbo
do peito dele... do rosto.
Não expliquem as coisas.
Eu vi a ferida dele.
Vi bem o tamanho dela.
"Meu coração está com os pequenos"
e cada mãe que abraça a cama.
Amigos daquele que partiu para longe
não perguntem quando ele voltará
não perguntem demais.
Em vez disso, perguntem: Quando
os homens vão despertar?

Morte na selva

Durma...
o olho de Deus dorme
não nos vê, e aqui estão os bandos
de melros, o carvalho, o caminho.
Feche as pálpebras de peito tísico.
Treze estrelas se apagaram
na trilha das ilusões do destino.
Não há mais nada
acabou o conto de menina
o pensamento silente não inspira.
Ferida pequena... e o ferido morre
nas dobras da noite, como as lendas.
Sua história é o suspiro da lavoura
que uma mão maligna assalta.
A lavoura acabou
a cotovia já não bica, o vigia não grita
e gotas de luz definham
nos ramos sagrados da oliveira.
Nada conclama ao cantar triste
a morte é maior que meus hinos.

Durma... o olho de Deus dorme
não nos vê, e os bandos de passarinhos
e a ferida tratada são flores que murcham
num regato esquecido da encosta.
Mas o olho de seu irmão vigia
atrás do nevoeiro e da solidão do exílio.
Seu coração tísico está num corpo
que se desfaz como as ruínas
e as mãos agarram com paixão
a terra, a despeito da ventania.

Três imagens

Era a lua
como sempre — desde que nascemos — fria
a tristeza em sua fronte manava
afluentes... afluentes
próximo à cerca de uma vila
ela verteu um errante
tristemente.

Era meu amigo
como sempre — desde que nos conhecemos — grave
as nuvens em seus olhos
plantavam um horizonte nublado
o fogo em seus lábios
me contava epopeias
e à noite, sonhador, continuava a ler poesia
e suave me pedia
um verso
de presente.

Era meu pai
como sempre, carregado de problemas
à caça do pão por onde andasse
para isso, lutava com raposas
fazia crianças
a terra
os planetas
meu irmão mais novo, puíram
suas roupas, recebeu
reprimenda
minha irmã mais velha comprou um par de meias
e todos em casa faziam exigências
meu pai — como sempre —
evocava orgulho
torcia o bigode
fazia crianças
a terra
os planetas.

Primeiro encontro

Apertou minha mão
sussurrou três palavrinhas
a coisa mais linda me aconteceu naquele dia:
Nos vemos amanhã, ela disse
e sumiu no caminho.

Raspei a barba duas vezes
limpei o sapato duas vezes
e do amigo peguei roupa e duas libras
para comprar doces para ela e um café com leite.

Eu sozinho sentado
os namorados sorriam...
o coração palpitava
e dizia: Nós também vamos sorrir.

Talvez esteja a caminho.
Talvez tenha se enganado.
Talvez, talvez
nem dois minutos se passaram.

Meia hora depois das quatro.
Meia hora se passou
uma hora, duas horas
as sombras se alongaram
não veio ao encontro quem disse:
Meia hora depois das quatro.

Uma canção

E volto para casa
sozinho e vazio, só a solidão
sem bagagens na mão e o coração sem rosas
distribuí minhas rosas desde cedo aos miseráveis
dei minhas rosas
enfrentei os lobos e voltei para casa
sem o som da risada da alegria da casa
sem o sussurro do beijo dela
sem a palpitação do toque dela
sem as perguntas dela para saber de mim
e de minha tragédia.
Faço o café sozinho.
Tomo o café sozinho.
E perco a vida, perco o prazer.
Camaradas, aqui estão
a lâmpada, a poesia e a solidão
alguns cigarros e os jornais como a noite escurecidos.

Quando volto para casa
sinto a desolação da casa
perco todas as rosas de minha vida
e o segredo das fontes de luz no âmago de minha tragédia
e se resguardo o sofrimento, amada, é porque estou só
sem a ternura de suas mãos
sem a primavera de seus olhos.

Carta do exílio

Saudações... e um beijo.
Não tenho o que dizer depois disso.
Por onde começo? Onde termino?
O ciclo do tempo é sem limites.
Tudo o que existe em minha sensação de exílio
são provisões, entre elas um pão seco, um sentimento
e um caderno que carrega de mim um pouco do que carreguei.
Cuspi em suas páginas o ódio que me aborrecia.
Por onde começo?
Tudo o que foi dito e que será dito depois de amanhã
não termina com um abraço ou um aperto de mão
não devolve o estrangeiro para casa
não faz chover
nem crescer as penas
da asa de uma ave desabada.
Por onde começo?
Saudações e um beijo e depois...

Digo ao rádio: Diga a ela que estou bem.
Digo ao pássaro: Ave, se encontrá-la
não se esqueça de mim, e diga: Tudo bem.

Eu estou bem
estou bem
ainda há visão em meus olhos
ainda há lua no céu
minha roupa antiga não se desfez até agora
as bordas se esgarçaram
mas eu as remendei, ainda está bem
eu agora sou um jovem com mais de vinte anos
imagine... cheguei aos vinte anos
me tornei como os jovens, mãe
eu encaro a vida
carrego os fardos como os homens carregam
e trabalho num restaurante
lavo a louça
faço café para os clientes
e para alegrá-los
colo sorrisos no rosto triste.

Estou bem
cheguei aos vinte anos
agora sou como os jovens, mãe
fumo tabaco e me encosto no muro
e digo “Ah!” às moças
como dizem os outros:
Meus irmãos, que garotas bonitas
imaginem como é amarga a vida
sem elas... como é amarga a vida.
E um amigo diz: Vocês têm pão?
Meus irmãos, que valor tem alguém
que toda noite dorme com fome?
Eu estou bem
estou bem
tenho pão preto
e uma cestinha de legumes.

Ouvi no rádio
saudações dos desabrigados aos desabrigados.
Todos disseram: Estamos bem.
Ninguém está triste.
E meu pai como vai?
Continua como sempre adorando a Deus
os filhos, a terra e a oliveira?
E como vão meus irmãos
conseguiram emprego?
Ouvi um dia o pai dizer:
Todos vão ser professores.
Ouvi ele dizer:
Passo fome, mas compro livros para eles.
Ninguém na aldeia sabe decifrar uma letra numa carta.
E como vai nossa irmã
cresceu, já tem um pretendente?
E como vai minha avó
continua sentada à porta, como sempre
e pedindo por nós
o bem, a juventude, a bênção?

E como vai nossa casa
a soleira lisa, o fogão, as portas?
Ouvi no rádio
mensagens dos desabrigados aos desabrigados.
Estão todos bem!
Mas eu estou triste
as preocupações quase me consomem.
O rádio não trouxe notícias de vocês
mesmo que sejam tristes
mesmo que sejam tristes.

Mãe, a noite é um lobo com fome de matança
persegue o estranho onde quer que ele vá
e abre o horizonte para os fantasmas.
A floresta de salgueiros ainda abraça o vento.
E nós o que colhemos, mãe?
Até morremos duas vezes.
Uma vez morremos na vida
e uma vez morremos na morte.
Você sabe o que me enche de pranto?
Acho que uma noite adoeci, e a doença abateu meu corpo.

Será que a noite se lembra
de um imigrante que veio aqui e não voltou ao seu país?
Será que a noite se lembra
de um imigrante que morreu sem mortalha?
Floresta de salgueiros, vai se lembrar de que
aquele que jogaram debaixo de sua sombra triste
— como qualquer coisa morta — é um ser humano?
Vai se lembrar de que sou um ser humano?
Vai proteger meu cadáver do ataque dos corvos?
Ah mãe, minha mãe
para quem escrevi estas folhas?
Que correio vai carregá-las?
Bloquearam o caminho por terra, os mares, os horizontes.
E você, minha mãe
meu pai, meus irmãos, a família, os amigos
talvez vocês estejam vivos
talvez estejam mortos
talvez estejam, como eu, sem endereço.
Que valor tem a pessoa
sem pátria
sem bandeira
e sem um endereço
que valor tem a pessoa?

Sumud

Se a oliveira lembrasse quem a plantou
o azeite seria lágrimas.
Ó sabedoria dos ancestrais
se pudéssemos, nossa carne lhe daríamos como couraça
mas os frutos da planície do vento
não alimentam os servos do vento.
Com os cílios arrancaremos
os espinhos e os pesares, mas
carregar a vergonha e a cruz por quê
se o universo não para?
Permaneceremos na oliveira como seu verde
e, em volta da Terra, como escudo.

É certo que amamos as rosas
mas mais amamos o trigo.
Amamos o aroma das rosas
mas as espigas têm aroma mais puro.
Protejam o trigo do furacão
com seu peito cravado
as cercas peguem do peito
sim, do peito, e elas não se quebrarão.

Empunhem a espiga pelo pescoço
como se abraça a adaga.
A terra, a felicidade, a perseverança
me digam como se conquistam.
Como essas três substâncias
se conquistam?

?

Seus olhos, amiga anciã, amiga jovem
são mendigos na noite das esquinas que sufocam.
Neles não ri a esperança e não dorme o relâmpago.
Só nos restam as lágrimas afogadas. Diga então:
Quando rirá uma vez, ainda que dissimulada?

Suas mãos, amiga, são lobos famintos.
Sugue o sangue do que nos resta, depois virá o dilúvio
mas saciada uma vez, não abandone a carcaça
pois ainda que enjoe, há os vermes...
Por engano fomos criados, por distração do tempo
mas você, amiga anciã, amiga jovem
seja em nossos restos como um lírio perfumado.

A floresta, amiga, sepulta nossos segredos
e as árvores ao redor não nos denunciam.
O sol, cegado por luzes, delata à nossa porta
mas não cruza as paredes. É que a vida
atrás de nós é estranha e hipócrita
construa então com nossos ossos sua casa altaneira.

Eu escuto, amiga, o que brada o inimigo
— escuto por uma fresta na tenda do céu:
Ai daquele cujos pulmões tomam o ar
de um pulmão roubado!
Ai daquele que tem o sangue como bebida!
Ai daquele que cultiva um jardim... e o solo é restos mortais
ai dele, ai... pela rosa envenenada!

Sobre os desejos

Não me diga:
Quem dera ser vendedor de pão na Argélia
e cantar com um rebelde.
Não me diga:
Quem dera ser pastor no Iêmen
e cantar às convulsões do tempo.
Não me diga:
Quem dera ser garçom em Havana
e cantar à vitória dos aflitos.
Não me diga:
Quem dera ser jovem carregador em Assuã
e cantar para as pedras.

Meu amigo!
O Nilo não desaguará no Volga
nem o Congo e o Jordão no Eufrates.
Todo rio tem sua nascente, seu leito e sua vida.
Meu amigo! Nossa terra não é árida.
Toda terra nasceu um dia.
Toda aurora tem sua hora revolucionária.

Sona

A das flores amarelas, a do lábio coletivo
a da vigésima cama, com a coberta gasta...
dormia no asfalto, ninguém vendia ou era vendido
e vomitava o asco da cidade, porque a rua
estava nua, sem luz
sem homens em busca de mulheres
dormia no asfalto, ninguém vendia ou era vendido.
Vendedor de flores, crave em meu peito
a flor amarela crescida na lama!
Essa é a hora do medo, ninguém entenderá o que digo.
Falo de uma prostituta que negociava em meu país
com rapazes em busca de mulheres
a das flores amarelas, a dos seios coletivos
a da vigésima cama, com a coberta gasta.
Esse é o país do medo, ninguém entenderá o que digo
a não ser os que viram as nuvens de lama choverem em meu país.
Vendedor de flores, crave em meu peito
a flor de lama! Quem sabe cuspo
o que me oprime o coração.

A palavra

O poeta árabe é miserável
o sangue do deserto ferve em sua canção
as caravanas de camelas sedentas
sempre viajam em seus limites
e a morena bela está nas conchas do mar.

O poeta árabe é miserável
habituou-se a morrer na espada de seu silêncio
depôs nos olhos todo o segredo e disse:
Amanhã meus olhos vão entendê-lo.
Deixei para você as palavras em meus olhos...
mas acho que você não entendeu.

O choro

Não pelo anseio de um abraço que perdi
não pela lembrança de uma estátua que quebrei
não pela tristeza de uma criança que enterrei
eu choro!

Sei que é decepção a lágrima dos olhos, e é sal
eu sei
e o choro da cantilena insiste.
Não espalhe perfume com seus lenços
não vou acordar, não vou acordar
deixe que meu coração chore.

Um espinho no coração ainda perfura
gotas, gotas ainda escorre a ferida.
Onde está o botão da rosa?
Há rosa no sangue?
Consolo dos mortos!
Temos honra e glória?
Deixe que meu coração chore.

Afaste de meus ouvidos a fábula monótona.
Sobre humanos e terra estranha aprendi com você.
Não vendi meu jovem cavalo
nem os estandartes tingidos com minha tragédia.
E por carregar as rochas e a doença do amor
e um sol estranho
eu choro!

Sou precoce, passo antes do meu tempo.
Nossa idade é mais curta que nós
nossa idade é menor, é menor.
É verdade que a morte leva à vida?
Levarei pão
à mão de quem tem fome? E doce à boca das crianças?
Eu choro!

O laço

Não vamos nos separar.
À nossa frente estão os mares
e as selvas estão atrás. Como nos separar
amigo dos olhos pretos?
Leve-me. Como nos separar
se tenho só você?

Estou farto de seus olhos
sempre sedentos?
Tenho medo de suas mãos
sempre severas?
Talvez! Mas não tenho ninguém
ninguém! Como nos separar?

Você, meu amigo, é a fera mais bela.
Entre nós há só hipocrisia e medo
de enfrentar o caminho.
O mar está à nossa frente
e a selva está atrás.
Como nos separar?

Sobre poesia

Ontem
cantamos a uma estrela acima da nuvem
e caímos no choro.
Ontem
nos queixamos com as videiras
e a lua e as noites e o destino e
cortejamos as mulheres.
Chegou a hora!
Khayyam se embriaga
e miseráveis seguimos a ouvir
seu canto embriagador.
Poetas, meus camaradas
vivemos um mundo novo.
Quem se foi morreu!
No tempo do vento e
do átomo, escrever poemas é
criar profetas.

Nossos poemas não têm cor
não têm gosto e não têm voz
se de casa em casa não levam a lâmpada.

E se a gente simples não entende seus sentidos
vamos disseminá-los então, e nós
para nós, o silêncio.

Se esses poemas fossem
cinzel na mão do pedreiro
bomba na mão do combatente
se esses poemas fossem.

Se essas palavras fossem
arado na mão do lavrador
camisa, e porta, e chave
se essas palavras fossem.

Diz um poeta:
Se meu canto alegrasse os amigos!
Se meu canto irritasse os inimigos!
Pois... eu sou é poeta
e vou dizer!

A tristeza e a raiva

Em seus lábios a voz não festeja
em seus pulmões o fogo não se entrega
o pai de seu pai é crucificado no sapato de um exilado
os lábios dela se entregam a outros, e os seios.
Não sente raiva?

Ontem nos vimos, de bar em bar, na estrada da noite.
Seus lábios estavam grávidos
dos gemidos da floresta de carvalhos.
Pela quinquagésima vez me contou
do amor de fulana e da paixão de fulano
da garrafa de conhaque, do Khayyam, da espada
iemenita.
Em vão a folia das garrafas
tenta entorpecer sua ferida aberta
e em vão, canário da noite, você doma desejos selvagens
e o vento em seus lábios derruba as canções que você inventa.
Não sente raiva?

Disseram: Sorria para viver!
E seus olhos sorriram para a estrada
isentos de um coração consumado por brasas.

Jurou: Estou feliz, camarada
aplicando a filosofia do sorriso do escravo
vinho, legumes, o corpo aplicado.
Mas se em seu vinho você viu meu sangue
como pôde bebê-lo, camarada?

Sua aldeia é ruínas
e é vigia e terra e aridez.
Os troncos de suas oliveiras
são ninhos de coruja ou de corvo.
Quem preparou, este ano, o arado
e quem cultivou a terra? Diga!
Onde está seu irmão?
Onde está seu pai? São miragens.
E você de onde veio? De uma parede
ou caiu das nuvens?
Defende a dignidade dos mortos
e bate, ao fim da noite, à porta?
Não sente raiva?

Você a ama?
Mas eu amei antes de você.
Tremi nas tranças sombrias.
Era bonita ela
mas dançou sobre meu túmulo e meus poucos dias.
E eu dancei, e os outros também, na longa pista de dança.
Eu e você criticamos a história
e a bandeira que perdeu a integridade.
Mas quem somos?
Deixe a leviandade das ruas saciar-se
com a humilhação de nossa bandeira morta.
Não sente raiva?

Há anos carregamos a tristeza, sem que a manhã desponte.
A tristeza é um fogo cujo anseio os dias abafam
e o vento atiça.
E você como refreia o vento aí
se não tem outra arma além
do encontro do vento com o fogo
num país em que tudo é permitido?

O mais lindo amor

Assim como cresce a grama nas juntas das rochas
um dia, dois estranhos, nós nos encontramos.
O céu da primavera compunha uma e outra estrela
e eu, estrofes de amor que recitava
a seus olhos.
Seus olhos sabem que esperei tanto tempo
como um pássaro espera o verão
que dormi o sono do imigrante
um olho fechado e outro aberto... tanto tempo
um olho chorou por outro.
Somos amantes, enquanto a lua não dormir, somos amantes
até sabermos que os abraços e beijos
alimentam as noites de amor
que a manhã anima meus passos a seguirem
o caminho para um novo dia.
Somos amigos! Caminhe a meu lado de mãos dadas
e juntos faremos o pão e as canções.
Por que perguntar ao caminho
a que destino nos leva e onde
reuniu nossos passos?
Para mim e você basta seguirmos
para sempre juntos.

Por que procurar as canções de chorar
em livros de poesia antiga
e perguntar: Amor, é nosso para sempre?
Meu amor por você é o amor das caravanas
pelo oásis de água e grama
é o amor do pobre pelo pão.
Assim como cresce a grama nas juntas das rochas
um dia, dois estranhos, nós nos encontramos
e seguiremos companheiros para sempre.

Quadras

Meu país, o amor que lhe tenho
só me deu de minha cruz os madeiros!
Lindo país, tome meus olhos
tome meu coração e meu amor inteiro!

No caixão de meus amados eu canto
para os balanços das crianças queridas.
É meu sangue o de meu avô, que me aguarde.
Finda a noite, chega o dia!

O aroma dos lírios não entende a luxúria da faca
e meu amigo não repousa.
Seja forca o púlpito de minha poesia, eu canto!
E a paz esteja com as pessoas.

Os mais belos poemas são lembrados no coração
de cada leitor...
Se os outros não se embriagarem com suas canções
diga: Eu, só, sou o pecador.

Talvez mencione cavaleiros e Laila, a beduína
ou pastores que ordenham camelas ao pôr do sol.
Meu país! Não anseio por épocas antigas
prefiro o amanhã ao ontem e ao agora!

Espinhoso e esquecido, um caminho é ainda um caminho
e a ele chegarão passos um dia.
Quando crescem os netos de quem construiu longa vida
ele arranca as rochas, e os caninos da injustiça.

Pelas brechas da prisão vi as fontes das laranjeiras
o abraço do mar, o horizonte ilimitado.
E à noite, se é intensa a escuridão da tristeza
meu consolo é a bela noite no cabelo da amada.

Nosso amor é o apertar mão com mão pelo caminho
e o partir o pão quando der fome.
Nas noites de frio protejo você com meus cílios
e com poemas que giram em torno do sol.

O mais bonito de tudo é tomarmos um chá ao fim do dia
e falarmos sobre os filhos
sem ter de nos ver às escondidas
e depois chorar de alegria!

Morte não desejaria enquanto houvesse na terra poesia
e olhos que não descansam
mas se viesse sem avisos, não contestaria
antes rogaria a ela a elegia da conclusão.

Não encontrei onde dormir
nenhuma cama em que eu possa me jogar.
Uma prostituta passou por mim e sem bom dia disse:
Querido! São vinte libras... se desejar.

Lorca

Perdoe, Lorca, a flor de sangue, o sol nas mãos
a cruz vestida com fogo de poema.
Os cavaleiros mais belos em peregrinação
— o mártir, a mártir — vão à noite até você.

Assim é o poeta: terremoto, tornado
e furacão, se ele berra.
Uma rua à outra sussurra: Os pés dele passaram
voem, pedras!

Assim é o poeta: música, prece
e brisa, se ele sussurra.
Toma a bela na delicadeza de um deus
e, sentado, seu trono são as luas.

Espanha é ainda a mãe mais desgraçada:
soltou o cabelo nos ombros
depois, pendurou as espadas
nos ramos da oliveira da noite.

Um guitarreiro percorre as estradas à noite
e canta disfarçado.
Com seus poemas, Lorca, pega as esmolas
dos olhos dos miseráveis!

Olhos escuros na Espanha observam de canto
e a conversa de amor se cala.
O poeta cava um túmulo na mão
quando fala.

Sobre a luz de seu sangue o esquecimento não andou
e as flores da lua se cobriram de sangue.
A espada mais nobre é uma letra em sua boca
sobre as canções dos ciganos.

As últimas notícias de Madri que a ferida alardeia:
Quem espera perdeu a paciência!
Executaram Julian à noite, e a flor da laranjeira
continua a espalhar sua essência!

As mais belas notícias de Madri
são as que virão amanhã.

Saudade da luz

O que provocaria nas pessoas andarmos à luz do dia
eu carregar sua bolsa e a sombrinha
pegar sua boca no canto da parede
e arrancar um beijo?
Seus olhos!
Sonho que vejo seus olhos um dia terem sono
e então vejo a calma do mar ao nascer do sol.
Seus lábios!
Sonho que vejo seus lábios enquanto beijam
então vejo o arder do sol quando nasce um casamento.
O que irritaria a noite você acender aqui duas velas
e eu ver seu rosto banhado pelos raios
eu ver um rio de marfim guardado pelo mármore de dois barcos
eu voltar a ser criança que mama?
Do poço de minha tragédia, suplico a seus olhos
que carreguem o vinho de luzes até minhas veias.
O que provocaria as pessoas eu descansar a cabeça em suas mãos
e abraçar sua cintura pelo caminho?

Documento de identidade

Registre!
Sou árabe
e o número do meu documento é 50.000
meus filhos são oito
o nono virá depois do verão.
Isso lhe dá raiva?

Registre!
Sou árabe
e trabalho na pedreira com meus companheiros de labuta
meus filhos são oito
e o pão, a roupa, os cadernos
eu arranco para eles
das pedras
e não peço esmolas à sua porta
não me encolho
na soleira de sua casa.
Isso lhe dá raiva?

Registre!
Sou árabe
sou nome sem sobrenome
e paciente num país onde todos
vivem fervendo de raiva
minhas raízes estão fincadas
antes do nascer dos tempos
antes do eclodir das eras
antes do cipreste e da oliveira
antes do crescer da relva
meu pai é da família do arado
não dos senhores da nobreza
e meu avô um camponês
sem títulos e linhagens
me ensinou o orgulho próprio
antes de me ensinar a ler livros
minha casa de junco e madeira
é choça de caseiro
sou nome sem sobrenome.
Minha condição lhe agrada?

Registre!
Sou árabe
e meu cabelo é da cor do carvão
meu olho é da cor do café
meu diferencial na cabeça
é o *agal* sobre a *kufiyah*
e a mão é áspera, de pedra
arranha quem a toca
meu endereço:
uma aldeia isolada, esquecida
de ruas sem nomes
seus homens estão no campo ou na pedreira.
Isso lhe dá raiva?

Registre!
Sou árabe
fui espoliado das videiras de meus avós
e de uma terra que eu cultivava
com todos os meus filhos
e só o que deixaram para nós e para cada um dos meus netos
são estas pedras
e seu governo, como dizem, vai tomá-las?
Então...

Registre
no alto da primeira página:
Não odeio as pessoas
não assalto ninguém
mas se eu passar fome
comerei a carne do meu usurpador
cuidado... cuidado com minha fome
e minha raiva!

título original
أوراق الزيتون | *awraq azzaytun*

editora Laura Di Pietro
preparação Michel Sleiman
assistente editorial Olívia Janot
revisão Gabrielly Alice da Silva
capa e projeto gráfico Marcelo Pereira | Tecnopop

Dados internacionais de catalogação na publicação (CIP)

D228f
Darwich, Mahmud, 1941-2008
Folhas da Oliveira / Mahmud Darwich ; tradutor: Alexandre Chareti. 1. ed.
Rio de Janeiro: Tabla, 2025.
80 p. ; 21 cm.

Tradução de: Awraq azzaytun.
Tradução do original em árabe.

ISBN 978-85-92632-29-8

1. Poesia árabe . I. Chareti, Alexandre.
II. Título.

CDD 892.71

Roberta Maria de O. V. da Costa – Bibliotecária CRB-7 5587

A primeira edição em árabe foi publicada em 1964 em Haifa.

[2025]

+55 21 997860747
editora@editoratabla.com.br
www.editoratabla.com.br

Outros títulos de Mahmud Darwich publicados pela Tabla

Da presença da ausência

Memória para o esquecimento

Onze astros

Diário da tristeza comum

Por que você deixou o cavalo sozinho?

Este livro foi composto em F37 Bella Stencil e Bau, e impresso
sobre papel Pólen Bold 90 g/m² pela gráfica Leograf em julho de 2025.

FSC
www.fsc.org
MISTO
Papel | Apoiando o manejo florestal responsável
FSC® C075537